Cherche et trouve

hachette
JEUNESSE

Balade en ville

Les PetShop se sont donné rendez-vous en ville, et quel monde ! Il n'y a bien que les petites souris pour passer inaperçues…

À toi de retrouver :

Souris sportive

Souris en fête

Souris frileuse

Souris casquette

Souris de soirée

Souris campeuse

Souris artiste

Souris joue à chat

BONUS x4

Tour à la fête !

Manèges, jeux, animations…
il y a tout pour passer une belle
journée à la fête foraine !
Les PetShop s'amusent bien
et personne ne veut s'en aller !

À toi de retrouver :

Ours brun

Autruche

Serpent

Kangourou

Ours

Panda

Iguane

Singe

BONUS

x4

POPCORN

HOT!   FRES

Camouflage sur la plage

Ding, ding, ding, voilà
le marchand de glaces !
Les PetShop profitent du soleil
à la plage. Au programme :
baignades et châteaux de sable !

À toi de retrouver :

Lapin

Cochon

Chauve-souris

Chaton beige

Oiseau

Lapin angora

Canard

Vache

BONUS x5

Jour de marché

Mmmh, comme ça a l'air bon :
du bon poisson, des beaux fruits,
il y en a pour tous les goûts !
Les chiens gourmands se
précipitent… sur les os bien sûr !

À toi de retrouver :

Yorkshire

Basset

Boston terrier

Bull terrier

Golden retreiver

Teckel

Boxer

Chihuahua

x4

BONUS

Concours de toboggan

Le toboggan ou la balançoire ?
Et pourquoi pas sauter
à la corde ? On pourrait jouer
pendant des journées entières
dans le parc des PetShop !

À toi de retrouver :

Araignée mauve

Libellule

Escargot

Abeille

Papillon bleu

Chenille

Coccinelle

Araignée rose

BONUS

x5

Bienvenue chez nous

Les chats ont organisé une grande fête dans leur jardin. Ils ont invité tous leurs amis et leurs voisins. Les chatons en profitent pour jouer à cache-cache…

À toi de retrouver :

Chaton gris Chaton beige

Chaton blanc Chaton roux

Chaton rose Chaton à poils longs

Chaton fleur Chaton noir

BONUS

x3

Boule de neige !

Bien au chaud sous leur bonnet, les PetShop sont prêts à relever tous les défis de l'hiver ! Place aux bonhommes de neige et aux glissades sur la patinoire !

À toi de retrouver :

x8

Husky

BONUS

x5

PetShop superstars

Grand concert ce soir pour les PetShop ! On chante en chœur, on danse, on s'amuse, quelle ambiance ! Certains se sont même déguisés !

À toi de retrouver :

Tortue lapin

Souris vampire

Chèvre hippie

Panda Père Noël

Lapin surfeur

Perroquet pirate

Souris cow-boy

Chat rocker

BONUS x6

JEUS BONUS

• LES CHATS LES PLUS MIGNONS

Parmi tous les animaux présents dans les scènes de ce livre, tu as pu voir qu'il y avait beaucoup de chats, tous plus adorables les uns que les autres ! Quelques-uns sont si craquants qu'ils mériteraient vraiment le titre de « chat le plus mignon »... Ils se cachent n'importe où et chacun peut apparaître plusieurs fois. À toi de les retrouver !

1	2	3	4
Chat rose	Chat gris	Chat tigré	Chat à lunettes

• LES ANIMAUX TATOUÉS

Plein de PetShop rigolos se cachent ici et là : avec leurs petits motifs, on pourrait dire qu'ils ont le chic pour se faire remarquer... Mais il te faudra tout de même exercer ton œil de lynx pour les retrouver !

1	2	3	4
Chien	Paon	Vache	Oiseaux

○ DEVINETTES

Tu as réussi à retrouver tous les PetShop ? Bravo, tu as un très bon sens de l'observation ! Sauras-tu maintenant répondre à ces questions ? Attention, ces devinettes sont réservées aux expertes en PetShop !

○ À la montagne, quel PetShop est sans aucun doute le roi du patin à glace ?

○ À la fête foraine, combien comptes-tu d'animaux dont le nom commence par la lettre P ?

○ Dans la balade en ville, tu as sans doute retrouvé toutes les petites souris, mais peux-tu dire combien de chats sont présents dans la scène ?

○ À la plage, quel PetShop se prélasse tranquillement sur sa serviette en écoutant de la musique ?

○ Un chaton s'amuse tout le temps avec sa pelote de laine, il ne la quitte jamais ! Mais combien de fois apparaît-il dans le livre ?

○ Au concert des PetShop, combien comptes-tu d'animaux de couleur rose ?

○ Dans le jardin des chats, quel est le nom de l'animal qui « fait le beau » au premier plan ? Quelle est sa particularité ?

○ Au marché, les chiens se précipitent sur les os mais les singes ont bien l'intention de faire leurs provisions de bananes ! Combien y a-t-il de singes en tout dans cette scène ? Et combien dans tout le livre ?

○ Un des PetShop s'amuse souvent à faire des bulles de savon ! Connais-tu le nom de cet animal ? Sais-tu où il vit ?

○ À la montagne, husky n'est pas le seul à porter un bonnet bleu. Combien de PetShop, à part lui, portent un bonnet bleu ? Et un bonnet rouge ?

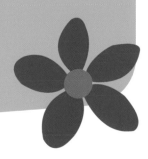

Solutions ○ le pingouin ○ Il y a 4 papillons, 1 putois, 1 poney, 1 pingouin ○ Il y a 5 chats ○ L'escargot ○ Le chat à la pelotte apparaît 3 fois dans le livre ○ Il y a 4 animaux de couleur rose : le lapin et le perroquet en haut à gauche, le chat en haut à droite, le lapin en bas à droite ○ Le paon : il fait la roue ○ Il y a 4 singes sur cette scène et 25 singes dans tout le livre ○ Le putois aux bulles de savon qui vit dans la forêt ○ Il y a 5 bonnets bleus et 3 bonnets rouges

SOLUTIONS

Petshop superstars

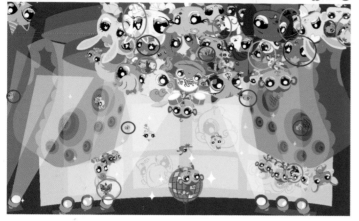

Boule de neige !

Bienvenue chez nous

Concours de toboggan

Jour de marché

Camouflage sur la plage

Tour à la fête !

Balade en ville

○ Personnages ○ Dragon farceur ○ Chats ○ Animaux tatoués